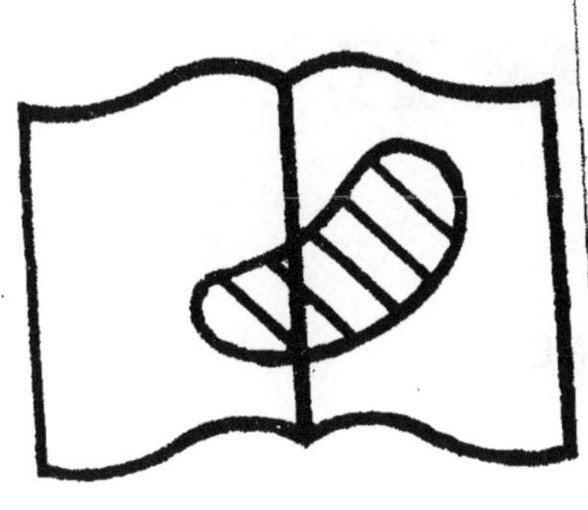

Illisibilité partielle

Couvertures supérieure et inférieure
manquantes

LIDOIRE

PAR

GEORGES COURTELINE

Illustrations de L. Bombled, Albert Guillaume, Barrère et de Sta.

PARIS
ALBIN MICHEL, ÉDITEUR
59, RUE DES MATHURINS

LIDOIRE

I

Fraternité des humbles ! Fraternité des simples !
Fraternité des soldats !

Lidoire l'avait bien prévu, que son voisin de chambre
La Biscotte, rentrerait plus saoul à lui seul que tout un
régiment de bourriques polonaises. Chaque fois qu'il
avait obtenu une permission de théâtre, La Biscotte,

c'était une affaire entendue, rentrait saoul, mais
saoul !.... d'une saoulerie immonde qui le tenait huit
jours hébété, dormant debout, avec des yeux couleur
faïence d'où le regard était parti. Or, ayant, le jour ou
je parle, obtenu au rapport sa permission de minuit, il
n'était pas à discuter que le gaillard dût rentrer saoul,
— ce que hautement avait proclamé Lidoire, grognon
et goguenard à la fois, tout en laissant tomber au
hasard de son lit, dont il avait rabattu le couvre-pied
et désemprisonné le traversin, le pesant coup de poing
qui creuse.

Ça ne rata pas. Le quart après minuit sonnait quand
une voix lugubre, lamentable, qui gémissait : « Lidouère, Lidouère !... » vint troubler le calme profond
de la chambrée endormie.

Lidoire sommeillait en gendarme.

Il se dressa.

— Quoi qu'y a ? C'est y toué, La Biscotte ?

C'était La Biscotte, en effet, ivre à rouler, à ce point
qu'il ne trouvait plus son lit et qu'il demeurait, hési-
tant, dans l'encadrement de la porte. Sur le bain lumi-
neux d'une lune d'hiver qui noyait derrière son dos la
cour immense du quartier de cavalerie, son shako se
détachait en noir, et aussi ses larges épaules.

Ayant pris un temps :

— Oui, dit-il.

Puis, d'une voix empêtrée d'épaisse colle de pâte :

— Mon pau'ieux... s'suis saoul comme eun'vache.

— T'es cor' plein ! s'exclama Lidoire avec une fausse
indignation. Ben ! viens te coucher, pis c'est que c'est
ça.

La Biscotte répondit :

— ...S'sais pas comment q'ça se fait... m'rappelle
pas où qu'est mon poussier... Où qu'il est mon poussier... Lidouère ?

La clarté vive du dehors le montrait tout secoué
d'ivresse ; ses longs bras angoissés, cramponnés aux
montants de la porte.

— Bon Dieu ! fit Lidoire simplement.

Il sauta du lit, vint au secours de cette pitoyable
détresse.

— Allons, arrive !

Il l'avait saisi à la main. En les ténèbres de la
chambre ils s'enfoncèrent, l'un remorquant l'autre.
L'ivrogne, à chaque pas, butait ; de ses bottes et de son
bancal il battait au passage le fer des couchettes. Et il
répétait : « S'suis t'y saoul !... s'suis t'y saoul, bonsoir
de bonsoir ! » avec, dans le dire, une nuance de consta-

tation satisfaite et admirative. Visiblement, il s'étonnait d'avoir pu pousser la saoulerie à un tel degré de perfection. Pourtant quand il fut devant son lit et que Lidoire, recouché, l'eut abandonné à lui-même, il devint plus muet qu'un poteau, et plus raide, planté sur ses pattes et regardant tourbillonner l'ombre, comme une brute. Deux minutes s'écoulèrent ainsi, mystérieuses et interminables.

Lidoire, à la fin, s'inquiéta.

Il évolua violemment sur le flanc et il demanda :

— Eh bé quoi ? Qué q'tu fous là à rien fout' ?

— ...Mon'ieux, dit La Biscotte..., s'sais pas comment qu'ça se fait..., s'peux pas ertirer ma culbute...

Ebahi :

— En v'là une affaire ! A c't'heure ici, reprit Lidoire, tu peux pas te déculoter ?

— Non, mon'ieux.

— Eh bé, y a du bon.

Ce fut tout.

De nouveau, il repoussa ses draps, et en chemise, à tâtons, bourru et maternel, il commença de déshabiller son ami, débouclant le ceinturon, tirant sur la culotte, accouplant les bottes sous le lit.

— Mets tes fesses là, vieux farceur, que je t'enlève tes sous-pieds.

Il ne s'aigrissait pas, il jugeait naturel de sacrifier ainsi son somme et son repos à un copain dans le malheur. Même il s'égayait sourdement, car l'autre s'extasiait toujours, s'abîmait en la même ritournelle,

sempiternellement rabâchée parmi la boue grasse de la cuite :

— ...S'suis t'y saoul !... s'suis t'y assez saoul !...

Il ne goûta une paix tranquille que lorsqu'il eut, de ses propres mains, bordé sur les flancs du pochard, — ces flancs travaillés de hoquets, — la couverture d'ordonnance. Alors, seulement alors, il songea que le froid le mordait aux jambes comme un dogue, et précipitamment il les restitua à la moiteur tiède de ses toiles, tandis que La Biscotte, pénétré de gratituae, larmoyait :

— ...Merci bien, Lidouére... te r'mercie beaucoup, merci bien... T'sais, mon'ieux, se me le rappellerai, qu'est-ce que tu as fait pour moi ; se me le rappellerai toute ma vie... q't'es venu me sercher à la porte... q'tu m'as ertiré mon shako, mon falzar et mes tartines, q'tu m'as fourré au pieu, kif-kif eun'maman... Pour sûr, que s'me le rappellerai...

Il sanglotait.

Tout se tut, enfin. Au loin, l'horloge du quartier annonça la demie de minuit. Soudain, dans le silence peuplé de ronflements :

— Lidouère ! appela La Biscotte.

Des dessous de sa couverture, qu'il avait ramenée jusque sur sa moustache, et d'où n'émergeait plus maintenant que la brosse âpre de son crâne, la voix de Lidoire monta, demandant :

— Quoi qu'c'est qu'il a fait ?

— ... Evie d'pisser, dit La Biscotte.

Lidoire riposta :

— T'as évie d'pisser ? Eh bé, va pisser, parbleu !

C'était bien simple.

Le camarade n'en insista pas moins, geignant éperdu :

— ...S'peux pas m'bouzer, mon'ieux... sais pas comment qu'ça se fait... faut croire que s'suis trop saoul... Vas-moi m'ner pisser, s'il te plaît

Une seconde, — oh ! pas davantage ! — le bon Lidoire balança, partagé entre le sentiment de bien-être et l'appel impérieux du devoir. Ce fut le devoir qui l'emporta. Déjà ses pieds nus foulaient le sol. Il avait empoigné La Biscotte à bras-le-corps et il l'arrachait à son lit :

— Aide-toi donc un peu, cré bon sort !

Jusqu'au baquet de nécessité qui montait la garde à la porte, il dut le transporter de force. Il répétait, apitoyé :

— Hé bé, t'eun n'as une ! t'eun n'as une ?... Tu s'ras frais, ed'main, pou'monter à cheval, fé la corvée et la manœuvre !

Mais La Biscotte, lui, ne savait plus ; à son éternel « s'suis t'y saoul ! » l'univers entier se limitait. Sur ses jambes, où coulait de l'ouate, son buste oscillait, cassé, ballotté de tribord à bâbord. Une lueur vague, venue des hautes croisées de la chambre, montrait l'enlace-ment confus des deux soldats, la masse livide de leurs deux chemises promenées à travers la nuit...

Quand La Biscotte, sans s'être au juste rendu compte comment la chose s'était faite, se retrouva au chaud, soulagé, et l'oreille dans le traversin, il repartit à pleurnicher. Emu, jusqu'à l'âme cette fois, convaincu de son infamie, il entama le chapitre des remords et le prolongea à l'infini, ravalant ses sanglots, se traitant de sale cochon, disant qu'il souhaitait être mort et qu'il déshonorait l'armée : toutes choses qu'il entremêlait de rots sonores, lesquels, dans le silence, roulaient comme des camions. Si bien que, l'entendant lutter contre ses draps et dire qu'il voulait aller au magasin rendre à l'officier d'habillement son galon de premier soldat, Lidoire faillit perdre patience.

— Bon Dieu d'nom de Dieu, demanda-t-il, vas-tu m'fiche la paix, La Biscotte, ou c'est t'y q'tu vas pas pioncer ?

La Biscotte, consterné, se tut ; cinq minutes il pleura sans bruit. Mais à la même minute où l'autre, comptant enfin avoir la paix, se décidait à refermer l'œil :

— Lidouère ! appela l'organe désolé, Lidouère !

Calme, Lidouère dit :

— C'qu'y a cor ?

— Evie d'scier, dit La Biscotte.

Ceci fit bondir Lidoire qui répéta, ironique :

— Evie d'scier ! v'là q't'as évie d'scier, à c't'heure !
Tu pouvais pas l'dire pus tôt ! Faut que j'm'ar'lève
moi, maintenant !

Il jouait l'exaspération, se jetait les bras sur la poitrine. La vérité était qu'il demeurait sans fiel, indul-
gent à tant d'exigence, et désarmé devant cet excès de
confiance, indiscret et ingénu. Le désespoir bruyant de
l'ivrogne fit le reste. Criant : « Tais-toi donc, eh four-
neau ! Tu vas réveiller l'brigadier ! » il se releva, il se
releva encore !...

La même clarté louche du dehors, qui les avait mon-
trés déjà, les remontra, flottant par l'ombre de la
chambre : Lidoire raidi, La Biscotte plus saoul que
jamais et n'avançant plus que par saccades, avec des
mouvements d'automate détraqué, les courbettes
brusques d'un monsieur qui va perdre son torse en
chemin. Le brigadier se venait d'éveiller en effet,
et silencieux, intrigué, il regardait sans comprendre.
Un moment, par la porte ouverte, on vit un groupe

extraordinaire, de deux êtres, dont l'un soutenait l'autre

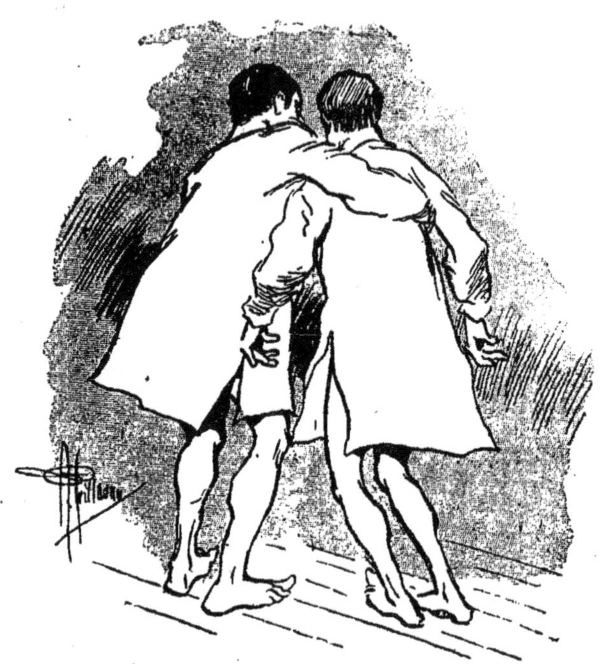

accroupi et le harponnait aux poignets comme pour l'amener à soi, contrariant ainsi les lois de la pesanteur...

Et lorsque tout eut été dit, qu'après avoir éclairé leur aller, la lueur indécise du dehors eut éclairé leur retour et que le triste La Biscotte, soulagé de tous les côtés, se vit encore une fois rendu à son « poussier » :

— Lidouère !... cria-t-il, Lidouère !...

Celui-ci avait cru à un repos bien gagné.

Il demanda pourtant :

— Et puis ?

— S'suis malade, dit La Biscotte... Evie d'dégueuler, mon pau'ieux...

Lidoire eut un haussement d'épaules, et, tranquillement, rejetant au loin ses couvertures :

— Bon Dieu ! fit-il, c'que t'es canulant quand t'es saoul !...

I

Au coup de midi, l'officier de semaine Mousseret, —
un petit, tout petit sous-lieutenant sorti quelques mois
auparavant de l'Ecole, — donna ordre de faire rassem-
bler. Il dit qu'on allait procéder à l'appel des réservistes
et que les retardataires écoperaient de quatre jours. Sur
quoi le trompette de garde qui, de loin, guettait un
signal, porta l'instrument à la bouche, et par trois fois,
dans trois directions différentes, lança la sonnerie au
pansage :

> Toi qu'arriv' de Mostaganem,
> Prêt' moi ta pip', que je fume.
> J'ai pas d'tabac.

Chassé par les sous-officiers, le troupeau des Vingt-
huit jours remonta la cour du Quartier ruisselante de

soleil et se vint adosser aux murs des écuries en lignée interminable et bariolée ; méli-mélo de toutes les castes et de toutes les armes, salade de jaquettes crasseuses et de blouses pâlies au lavage, faisant ressortir l'azur délicat d'un dolman, l'éclat d'une haute ceinture de spahi égarée là-dedans sans que l'on sût pourquoi. Ces gens se poussaient du coude, ricanaient, d'un rire niais de pauvres diables qui font contre fortune bon cœur et affectent de se trouver drôles, tandis qu'aux fenêtres de la caserne des centaines d'autres figures riaient aussi, des têtes que coiffaient la tache brune d'un képi ou le gris souris bordé de bleu du léger callot d'intérieur.

— Appuyez, à droite ; appuyez ! hurlait le sous-officier de semaine. Le sept, le huit, le neuf, le **dix**, le onze et le douze, en arrière ! Et toute la bande, là-bas, demandez-moi ce qu'ils fabriquent. Voulez-vous appuyer, tonnerre ! Encore donc ! Encore ! Pompiers, va. Là, c'est bien ! Assez ! Ne bougez plus.

Il s'élança, vint prendre la tête du rang dont il vérifia, l'œil oblique, l'alignement irréprochable. Côte à côte, sans une parole, Mousseret et le fourrier du dépôt attendaient.

— Fixe ! cria le maréchal des logis.

L'appel commença. Deux minutes, ce fut une

kyrielle de noms effleurant tous les fumets de France :

. — Lecardonnec !... Pied !... Vidalinc !... Laboulbène !... Mayeux !... Van der Straat !...

Simon !... Boutique !... Fontbourgade !... de la Bergerie !... Sinoquet !

Et les « Présent !... sent !... sent ! Présent **se**

succédaient sans interruption, crépitaient comme une fusillade. Le beau temps tournait à l'orage ; par instant des nuages glissaient devant le soleil, projetés sur le sol en ondes galopantes. Des croisées ouvertes au vent, tout un train-train de vie active s'échappait, le bruit des lourds sabots traînés par les planchers, l'âpre grincement du chiendent sur les cuirs encroûtés de boue, mêlés à une voix lamentable qui sanglotait *la Patrouille allemande*, là-haut, sous la chute des combles :

> De leurs soldats, la patrouille s'avance ;
> Ecoutez le bruit de ses pas ;
> Pauvres proscrits, chantez, chantez plus bas,
> Si vous voulez chanter la France

— Potiron ! appela le fourrier.

Personne, cette fois, ne répondit. Simplement, sur toutes les bouches, un rire contenu grimaça, tant l'étrangeté du nom éveillait de gaieté.

— Potiron !

Même silence.

Mousseret intervint :

— Eh bien ! Il n'est pas ici, Potiron ? — Non ? — Potiron !... Pas de Potiron ? C'est bien vu ? C'est bien entendu ? Adjugé !

Et, au fourrier à demi-voix :

— Portez manquant.

— Bien, mon lieutenant.

Il ajouta :

— Avec quatre jours de prison à la clé, bien entendu.

— Naturellement.

L'appel achevé, le sous-officier de semaine rétrograda de quelques pas. Il commanda : « Cavaliers, à droite... droite ! » et les Vingt-huit jours, toujours flanqués de Mousseret, furent dirigés sur l'habillement, puis répartis par chambrées.

II

Or, au quatrième peloton, on achevait de s'orga-
niser, quand la porte, heurtée d'un coup de genou,
céda, encadrant maintenant une espèce d'athlète que
coiffait une casquette de loutre et que revêtait à
mi-hanches le bourgeron flottant, quadrillé blanc et
rose, des garçons bouchers-étaliers.

De la même voix assurée et sonore dont il eût
annoncée : « Sept cents grammes d'aloyau ! » cet
homme demanda :

— C'est ici que je compte ?

Justement, le brigadier Bourre, qui commandait la
chambrée en sa qualité de « plus ancien », se taillait une
tartine de pain, la boule-de-son entrée dans le défaut
de l'épaule, avec l'air de jouer du violon au fil luisant
de son couteau.

Il s'ébahit :

— Je l'sais t'y, moi ! En v'là une façon d'entrer !
Qui c'est que vous êtes, d'abord ?

L'autre se nomma :

— Potiron.

On se tordit, mais le personnage ne s'en formalisa en aucune manière. Au contraire, il parut ravi de son effet ; ses épaules soulevées par le rire se voûtèrent en dos de bossu, en même temps qu'une grosse rigolade silencieuse épanouissait sa face de bonne gouape ingénue. Evidemment, il n'eût pas échangé contre six mille livres de rente la joie de s'appeler Potiron.

— Ah ! c'est vous qui êtes Potiron, reprit Bourre conquis à tant de belle humeur ; eh ben, mon vieux, j'peux rien vous dire. A c't'heure ici, faudrait q'vous alliez trouver l'chef, y a que lui qui vous renseignera. Et puis, aut'chose : vous n'y coupez pas de vos quat'jours.

— Comment, j'y coupe pas de mes quat' jours !

— Non, mon vieux ; et à faire en rabiot, comme de juste.

— Ah ! là là, susurra dédaigneusement Potiron. Si y a jamais q'ces quat' jours-là pour me tomber su' la *mirette* j'suis pas prêt d'attraper un compère-loriot

Le brigadier haussa l'épaule :

— Taisez-vous donc ; d'l'épate, tout ça.

— De l'épate ?

— Pour sûr, de l'épate ! Vous avez ramassé quatre jours de prison pour avoir manqué à l'appel, vous ferez vos quat' jours de prison et ça fera la rue Michel. A quoi ça sert de rouspéter quand c'est qu'y a un ordre de l'officier de semaine ?

Du coup, l'homme à la casquette de loutre resta muet. Seulement il se gifla la cuisse, et sa main soudainement dressée, la paume dehors, le pouce en l'air, en dit plus qu'un réquisitoire sur le cas que lui, Potiron, faisait de l'officier de semaine.

Il défia :

— Trente-deux jours à tirer au lieur de vingt-huit ? Des patates ! Pourquoi pas six marqués, tout de suite ? Pourquoi pas une berge ou deux ? Ça ne fait pas avec les louchébem, ces comptes-là. Salut ! J'vas causer au chef.

III

On riait encore, qu'une voix déjà criait :

— Fixe !

Mousseret à son tour venait d'entrer, et, le nez au vent, il furetait, fouillait les lointains de la chambre.

— Bé !... est ici, l'illustre Potiron ?

C'était un petit être tout nerfs, au visage couleur de vin doux et travaillé de tics continuels, à la moustache blondâtre et molle, moussant mal sur un champ de dartres enflammées. En l'ampleur disproportionnée de son képi il enfonçait jusqu'aux paupières, et sa culotte en flanc de soufflet zigzaguait à ce point sur ses cuisses, qu'on l'eût pu croire pantalonné de la défroque d'une girafe. Les hommes, pris à l'improviste, avaient rectifié la position sur place. Ils demeuraient l'œil sans regard, les bras tombés le long du corps et les talons sur la même ligne, attendant un ordre de repos qui persistait à ne pas venir.

Bourre prit la parole.

—Mon lieutenant, le réserviste Potiron sort d'ici à la minute même.

— Au diable ! s'exclama Mousseret. Et qu'est-il devenu, ce pierrot-là ?

— Il est au Bureau, mon lieutenant.

— Ah ! bon.

Tout de suite il tourna bride. Sur son dos, soutaché d'élégantes fusées noires, la porte, ramenée, claqua. En vingt pas il fut chez le Chef, homme de bien qui, pour le quart d'heure, mettait à jour les livrets matricules, imputant des carreaux cassés et des bouchons de fusil perdus au compte des cavaliers partis en permission ou en congé de convalescence.

Ayant su de quoi il s'agissait, il s'empressa, fit l'homme du monde, donna la comédie d'une contrariété de bon goût :

— Vraiment, mon lieutenant, désolé ! Potiron, vous dites ? Un boucher ? Il sort d'ici. Est-ce bête ! Si j'avais pu prévoir...

Mousseret l'interrompit :

— Enfin, où est-il ?

— A l'habillement, mon lieutenant. Il est allé se faire équiper.

— Merci.

L'officier reprit sa course, gagna le magasin dont il franchit le seuil. Le malheur est qu'au même instant

Potiron en sortait par la porte opposée. De nouveau il se dut rabattre sur la chambre, mais Potiron l'avait

traversée comme une flèche, le temps de poser ses hardes sur son lit. Maintenant il était chez le barbier, ainsi que Bourre le donna à entendre ; et le fait est qu'il eût été chez le barbier s'il n'eût déjà cessé d'y être lorsque le sous-lieutenant survint pour l'y rejoindre.

— Ah çà ! fit alors celui-ci, les bras jetés sur la poitrine, est-ce que je vais passer ma journée à courir après cette brute ? Ce serait un peu raide, par exemple !

Raide ou non, il en fut cependant ainsi ; une fatalité inouïe mais opiniâtre s'entêtant à amener le soldat sur un certain point de la caserne, tandis que l'officier le cherchait sur un autre. Et le plus joli de l'affaire fut que Potiron manqua à l'appel du soir comme il avait manqué à l'appel de midi. Mon Dieu, oui ; le gaillard, délicat sur sa bouche et dédaigneux de la gamelle, s'en était tranquillement allé dîner dehors, puis s'était attardé chez un marchand de vin à regarder jouer le zanzibar. Si bien que Mousseret éclata, son exaspération réveillée tout d'un coup de fouet, quand, passant la visite des chambres et posant cette question bien simple : « Voilà un lit vide ; qui l'occupe ? » Bourre, qui protégeait de ses doigts la flamme couchée de la chandelle, répondit impassiblement :

— Le réserviste Potiron.

— Potiron ! Encore Potiron ! Toujours Potiron !
cria--il. Ce n'est pas possible, à la fin ; ce client-là se
paye notre figure à tous.

Il écumait. Sur ses talons, le sous-officier de semaine,

le bidet d'appel à la main, avait fait halte et ne soufflait
mot. Ce fut lui qui paya la sauce :

— C'est comme vous ! Que fichez-vous là à me regarder comme une huître ? Vous allez me faire le plaisir de
cavaler au corps de garde dire qu'on me coffre Potiron
sitôt son retour au quartier ! Tout de suite, vous enten-
dez bien ? Illico ? à l'œil ! de pied ferme !

Et il trépignait, virait de bord, lâchait son monocle qu'il rattrapait au vol pour se le revisser aussitôt sous l'orbite. Ses « Ah ! non, Ah ! non, Ah ! bien non ! » étaient ceux de Baron dans la *Femme à papa*, « atterré qu'un misérable cochon pût avoir raison à lui seul contre toute la faculté de médecine ».

V

Tout ceci n'empêcha nullement Potiron de réintégrer la chambrée un coup que Mousseret n'y fut plus.

Il était gai comme un pinson et gris comme une petite caille ; charmant d'ailleurs, ayant passé par la cantine, d'où il rapportait un litre de cognac et une salade toute préparée dans une bassine en fer-blanc.

Il entra et dit :

— 'Y a du bon.

Ce fut une stupeur. Hors des lits, des bustes dépoitraillés se dressèrent.

— Ah !... Potiron !

Lui, ricanait, jouissait de l'étonnement général. Il conta qu'il avait coupé à la prison en se portant nouveau malade ; après quoi, équitable et parcimonieux, il commença de répartir la salade : deux pincées qu'il puisait à même la bassine, à la fourchette du père Adam, puis déposait au fond des quarts maintenus entre les genoux.

Le litre de cognac, tendu à bout de bras, circulait

de couchette en couchette, et l'agonie d'un bout de chandelle qui s'achevait d'user sur la table, collé d'une larme de suif, promenait le long des murs des ombres fantastiques.

Potiron, le souper terminé, dit qu'il allait faire des tours.

Il enleva donc son dolman, apparut pantalonné de rouge jusqu'aux aisselles, avec des bretelles d'ordonnance qui pénétraient comme dans du beurre en l'épaisseur de son tricot, et il se mit en devoir d'escalader la planche à pain. Malheureusement, cette tentative ne fut couronnée d'aucun succès. Une minute on le vit, les yeux hors de la tête, se raidir sur les avant-bras, tâchant à amener son menton jusqu'à ses phalanges contractées... Ce fut tout ; ses mains vernies d'huile glissèrent, et il s'effondra bruyamment sur la table, écrasant la chandelle de son dos de colosse.

Instantanément, tombée à une nuit profonde, la chambre s'emplit de clameurs, de hurlements farouches, de sifflets suraigus : un charivari assourdissant que Potiron s'efforçait de dominer, répétant qu'il n'y avait pas d'erreur, qu'il cherchait des allumettes, et que le rétablissement n'était pas son fort, — aveu désormais superflu.

Des vociférations se heurtaient :

— Enfant de salaud qui éteint la camoufle !...

— Fantassin de malheur !...

— La classe ! la classe ! la classe !..

— Les souffrantes au clair, ceux qui en ont !

En même temps, par le plancher, galopaient d'inquiétants pieds nus. Un bleu eut son lit chahuté : on entendit sa chute brutale et le commencement de ses protestations, qu'étouffa aussitôt l'épaisseur des paillasses. Un autre se mit à beugler, ayant reçu en plein visage une gamelle qu'un bras inconnu venait de lancer à la volée.

A la fin, tout de même, une étincelle bleuâtre piqua l'épaisseur des ténèbres, et la chambre réapparut, devenue telle qu'un champ de carnage, à croire qu'une armée de barbares l'avait parcourue sabre au poing, jonchée de lits effondrés, de feuilles de salade, de tessons de bouteille. Des ombres, au loin, se hâtaient, replongeaient sous les couvertures comme des grenouilles épeurées. Potiron, point découragé, acharné à faire montre de ses petits talents, insistait, braillait à tue-tête qu'on allait voir ce qu'on allait voir. Et tour à tour il fit le manchot, puis le cul-de-jatte : le derrière par terre, le pied droit ramené sur la rotule gauche et le pied gauche ramené sur la rotule droite (exercice dédié aux dames). Il avait retiré sa culotte, comme gênant l'élasticité de ses mouvements, et c'est ainsi que Bourre, qui s'était absenté un quart d'heure, e surprit dressé sur les mains, la chemise retombee en jupe autour des bras et de la tête.

— Hein ! Quoi ! cria-t-il effaré ; en v'là un qui fait le misloque, à présent ! Voulez-vous bien aller vous recoucher tout de suite ! Vous aurez deux jours salle' police, et avec un petit motif qui ne sera pas à la mie de pain, je vous en flanque mon billet !

Puis, l'œil miclos, la lippe tendue :

— Ah ça!... mais... ah! ça!... mais... ah! ça mais...

Il cherchait.

Sûr, le personnage ne lui était pas inconnu.

Soudain il tressauta :

— Eh ! c'est Potiron, nom d'un trousse ! Eh ben, elle est bonne, celle-là ? Pourquoi qu'vous n'êtes pas à la boîte ?

Congestionné, suant par tous les pores du visage la joie de vivre et l'orgueil des santés débordantes :

— Je suis malade, répondit froidement Potiron

V

Le premier soin de Mousseret, en arrivant au quartier le lendemain, fut de passer au corps de garde prendre des nouvelles de son homme :

— Eh ben ? Potiron ?

Cinq heures venaient de sonner. Par la croisée du poste, ouverte sur la grand'route, une aube de printemps entrait, rose et tiède ; la douceur infinie des journées qui s'éveillent et qui promettent d'être belles Une rousseur de soleil indécis cuivrait le sol. Elle grimpait à la plinthe du mur, montait à l'assaut d'un pied de table, s'allait perdre sous l'ombre portée d'un lit de camp que chargeaient trois corps endormis, trois manteaux aux collets dressés d'où rejaillissaient en brosses rases trois crânes tondus à l'ordonnance.

Seul, le sous-officier veillait, bouquinant les loques graisseuses d'un roman cent fois lu et relu déjà, et que, de temps immémoriaux, une garde repassait à l'autre.

A l'entrée de Mousseret, il se leva, prit la position militaire :

— Potiron, mon lieutenant, est rentré à neuf heures du soir

— Ah ! ah ! Et il est sous clé, j'aime à croire ?

— Non, mon lieutenant.

— Comment, non !

Le maréchal des logis eut le geste qui n'en peut mais : « Potiron s'était porté malade, et dame !... »

Cela suffit. Mousseret fit demi-tour. D'une traite, il fila sur la chambre, que, du reste, il trouva vide, les hommes étant à la corvée. Pourtant, un élève trompette, exempt de service, qui fourbissait au tripoli le pavillon de son instrument, donna un renseignement précieux :

— Il est aux lieux mon lieutenant.

— C'est bon, dit Mousseret, je vais l'attendre.

Il était fixé.

C'était la plaisanterie de la veille qui recommençait.

Il ravala un sourd juron, vint se camper au seuil de la porte, qu'il barra de ses jambes ouvertes. Cinq minutes s'écoulèrent, puis, dix, puis dix autres. Rien ne venait ; il attendait toujours, muet, cinglant du bout de sa cravache la double bande azur de sa culotte de cheval. Tout rageait en lui, tout ! depuis son nez

camard sillonné de soubresauts nerveux, jusqu'à la
pointe aiguë de sa botte !

— Chameau ! murmura-t-il.

Et comme, à ce moment, le brigadier des ordinaires passait près de lui, la main en coquille sur l'oreille, il le héla, lui jeta une question au vol :

— Pas vu Potiron, Misaupoint ?

— A la cantine ! dit le soldat.

Ils venai nt de prendre un marc ensemble.

A la cantine ?... Malade et puni de prison, le drôle buvait à la cantine ?...

L'officier, déjà, y était ! Mais Potiron, lui, n'y était plus ; passé chez le casernier acheter un savon, puis, de là, à l'habillement, échanger son képi qu'il jugeait trop étroit, puis aux cuisines carotter un potage, puis — car le trompette de garde appelait les malades au trot — à la visite du médecin.

Là, à vrai dire, il ne prit pas racine ; en deux temps, il fut expédié :

— Ouvrez la bouche, tirez la langue, voyons ce pouls. Très bien, vous êtes un fricoteur ; vous aurez deux jours de prison.

— Mais, major...

— Non, pardon, fichez-moi donc le camp.

Il sortit.

— Potiron est là ? demanda Mousseret qui entrait.

— Il sort d'ici, dit le medecin. Vous le rattraperez à
deux pas.

Alors Mousseret n'insista plus.

Il en avait assez, aussi.

Tranquillement il alla au poste, fit sonner aux bri-
gadiers et aux maréchaux de logis, leur enjoignant
d'avoir à se saisir du réserviste Potiron en quelque lieu
qu'ils le trouvassent. A la malle, Potiron! Hors la loi,

Potiron ! Pas d'explications, rien du tout ! Si Potiron n'était bouclé dans un quart d'heure, tout le clan des gradés coucherait à la boîte. Et allez donc !

Dans ces conditions, la lutte devenait impossible ; il n'était plus de fatalité ni de dieu des bonnes crapules qui pût sauvegarder Potiron. Et, en effet, cinq minutes ne s'étaient pas écoulées que le sous-lieutenant lui-même était sonné au corps de garde.

Il accourut.

— Nous le tenons, dit le maréchal des logis.

— Parfait.

Il soufflait bruyamment.

Il demanda :

— Vous l'avez fourré en cellule ?

En cellule ? Non. La brouette au derrière, la pelle à fumier en travers, on l'avait envoyé enlever le crottin dans la petite cour du rapport, un rectangle pavé, en retrait, logé derrière la caserne et que fermait le mur d'enceinte sur deux faces. Mousseret n'en demandait pas plus. Allègre, sifflotant, la cigarette au bec, il gagna la cour du rapport ; il y vit une brouette, une pelle et un pâté de crottin qui fumait au soleil, mais de Potiron aucunement ; le joyeux Potiron s'était donné de l'air après avoir enlevé sa blouse, fourré son callot dans sa poche et rabattu sur ses sabots les replis de son pantalon de prisonnier. Mouss eret tempêta hurla, consigna le quartier d'office, jusqu'à la gauche ; peine perdue ! Les journées succédèrent aux journées, les semaines croulèrent sur les semaines, jamais plus on n'ouït parler de Potiron au 51ᵉ des chasseurs à cheval.

Ainsi se réalisa le mot de cet homme vraiment distingué :

— Trente-deux jours à tirer au lieu de vingt-huit ? Des patates ! Ces comptes-là ne font pas avec les lou-chébem.

EXEMPT DE CRAVATE

I

Ce jour-là, un dimanche délicieux de Juillet, Lagrappe que le médecin-major avait exempté de
cravate à cause d'un furoncle à la nuque, se présenta
au corps de garde sitôt sa gamelle avalée. La main
gauche dans le rang et tenant le sabre, la droite ramenée

en coquille sur la visière cerclée de cuivre du shako,
son cou de buffle — tourné au rouge cramoisi pour
avoir été frotté de sable, rincé ensuit à l'eau de puits,
puis tamponné à tour de bras — émergeant nu du col,
rouge aussi, du dolman :

— Permission de sortir ? dit-il.

Le maréchal des logis de garde chevauchait une
chaise dépaillée.

Il lui jeta de biais un coup d'œil et froidement
répondit :

— Demi-tour !

Demi-tour !... Le soldat en demeura baba, étant
coté à l'escadron pour son souci de la propreté, le bel
entretien de ses armes. Il brillait d'ailleurs comme un
astre ; les basanes telles que des glaces, et constellé, du
col au ventre, d'un triple rang de grelots astiqués, pa-
reils à de minuscules soleils.

Demi-tour !...

Soudain il comprit.

— Si c'est à cause de la cravate, fit-il, j'suis exempt
de cravate, maréchal des logis. C'est le major qui m'a
exempté à c'matin, pour la chose que j'ai mal au cou.

— Demi-tour, répéta le sous-officier qui fumait une
cigarette, les bras au dossier de la chaise,

Mais Lagrappe, fort de son bon droit, insistant, expliquant que ce n'était pas une blague, à preuve qu'on pouvait consulter le cahier de l'infirmerie :

— Hé ! je me moque bien, déclara-t-il, du cahier de l'infirmerie ! On ne sort pas en ville sans cravate, voilà tout. Si vous tenez à sortir, allez vous mettre en tenue ; sinon rentrez, et restez à la chambre ! Est-ce que ça me me regarde, moi, si vous êtes exempt de cravate ?

Il parlait sans emportement, avec la hauteur méprisante d'une catin pour un boueux. Un léger haussement d'épaules marqua la fin de sa période ; et l'autre, qu'interdisait cette face aux yeux clignotants, suante de dédain et d'insolence, distinguée à travers des paquets de fumée, sentit l'inanité d'une discussion plus longue. Il dit : « C'est bon ! », fut mettre en deux temps sa cravate, et, irréprochable cette fois, décrocha son droit à sortir.

II

Or, il n'avait pas fait cent pas, qu'au coin de la rue Chanoinesse et du boulevard Chardonneret, il butait du nez dans le médecin. Mandé par estafette au quartier des chasseurs où agonisait un trompette qu'une jument venait de scalper d'un coup de pied, cet homme pressé portait la vie du même pas tranquille qu'il eût porté la mort.

A la vue de Lagrappe il fit halte. Abaissant lentement sur lui un regard tour noir de soupçon :

— Hé là ! l'homme, s'écria-t-il.

Lagrappe ramena aussitôt le talon gauche à côté du talon droit, porta la main droite au shako, et, l'œil fixé à quinze pas devant soi, attendit, de pied ferme, la suite.

— Je ne me trompe pas, fit le major ; c'est bien toi qui a un furoncle et que j'ai exempté de cravate à la visite de ce matin ?

— Oui, monsieur le major, dit Lagrappe.

Le médecin eut un bond sur place et jura :

— Sacré nom de Dieu !

C'était un homme formidable, aux poings d'athlète semés de poils roux. D'une incapacité notoire dont il avait l'âpre conscience, il la rachetait par un absolutisme outré de brute entêtée et despote, rendant des arrêts sans appel et imposant à ses malades le culte de ses ordonnances.

La cravate de l'homme au furoncle cingla ainsi que d'un soufflet sa susceptibilité chatouilleuse de cancre ; et une chose qui le mit hors de lui tout à fait, fut l'intervention, révélée par Lagrappe, du maréchal des logis de garde.

Il pensa étrangler, du coup.

Ironique et exaspéré :

— Le maréchal des logis de garde ! brailla-t-il, le maréchal des logis de garde ! Eh ! foutre ! qui est-ce, s'il te plait, qui donne des ordres aux malades ? Est-ce moi ou le maréchal des logis de garde ? Je serais curieux de le savoir ! Tu seras satisfait, peut-être, le jour où tu auras attrapé un anthrax, et c'est au maréchal des logis de garde que tu iras demander de te

poser des compresses ? Bougre de rossignol à glands !
Rhinocéros à boudin ! Buse !

Et tout à coup :

— Veux-tu bien enlever ça, nom de Dieu ! Veux-tu
enlever ça, tout de suite !

Lagrappe sortit de cette entrevue dans l'état d'ahurissement muet d'un homme qu'une main malfaisante
aurait poussé, tout habillé, sous une douche. A la fin,
tout de même, il se remit, et, la cravate dans la poche,
il se rendit à la musique.

Là, autour du tout Bar-le-Comte papotant et
endimanché, qui coquettait sous la soie tendue des
ombrelles, c'était le cordon multicolore des pauvres
soldats sans le sou, des chasseurs et des cuirassiers
venus pour tuer leur dimanche, voir *membrer* la section
hors rang, décupler la saveur de leur indépendance
du spectacle réjouissant de la servitude des autres.
Débrouillard, expert comme pas un dans le bel
art de jouer de l'épaule et de s'ouvrir la route à petites
poussées lentes, le bon Lagrappe eût tôt fait de se fau-
filer au premier rang. Justement on jouait la marche
du *Prophète*, en sorte qu'il s'égayait fort, marquant la
mesure du bout de sa botte, et faisant des parties de
trombone à bouche close.

Une voix qui le héla dans le dos : « Pst ! Chasseur ! »
le fit retourner d'une seule pièce, et il resta pétrifié
sa belle humeur rasée comme avec une faux, à recon-
naître le colonel, qui fumait un cigare énorme, dans
un petit cercle d'officiers.

Le colonel dit :

— Regardez-moi donc, je vous prie. Eh ! c'est bien
ce qu'il me semblait, parbleu ! Vous n'avez pas votre
cravate.

Depuis bientôt vingt-cinq mois qu'il comptait à l'escadron, Lagrappe, pour la première fois, allait parler
au colonel, et cet immense événement lui coupait net
bras et jambes.

Il fut sans un souffle, le pauvre.

Simplement il hocha la tête de haut en bas ; en
même temps, précipitamment, il tirait de sa poche sa
cravate.

Ce rien déchaîna une trombe.

Ne doutant plus que le soldat eût voulu faire l'im-
bécile, s'aérer la cou à cause de la grande chaleur, le
colonel avait tourné au vert, et c'était à lui, maintenant, de brailler et de nomdedieuser à gueule-que-
veux-tu, s'abattant des claques sur les cuisses, pre-
nant ses officiers consternés à témoin, et demandant

où on allait, si, dans les garnisons de l'Est, les soldats se mettaient à sortir sans cravate.

Il conclut :

— Remettez votre cravate.

Lagrappe, éperdu, obéit

—- Demi-tour !

Lagrappe exécuta le mouvement, montrant mainte-
naant à l'officier son dos couleur de beau temps, où
s'élançaient des soutaches noires en fusées

— Rompez ! Rentrez au quartier de ce pas. Vous vous ferez porter pour quinze jours de salle-police à la pancarte des consignés.

III

Lagrappe rentra à la caserne juste comme le médecin major, ayant achevé son trompette, en sortait.

Celui-ci eut un mot, un seul :

— Encore !...

C'en était trop aussi.

Le sang le congestionna.

— Alors, c'est un parti pris ? Nom de Dieu, celle-là est forte ! Tu auras quinze jours de salle de police pour t'apprendre à te foutre de moi — Et puis, reviens-y, à la visite !...

Lagrappe voulut se justifier, évoquer la grande ombre du colonel, mais lui ce fut peau de balle pour placer une syllabe, buté aux « veux-tu me foutre la paix ! » du docteur. Sous la voûte aux échos sonores de la caserne, les éclats de voix de ce dernier tonnaient comme des coups de canon.

Il dut y renoncer.

Le soir même, il descendit au lazaro. Et quand il eut tiré quinze jours pour avoir enlevé sa cravate, il en tira **quinze** autres pour l'avoir conservée

LA BOURSE

A Jules Lermina.

I

’immortel auteur d’*A
se tordre*, de *Pas de
bile*, de *Vive la vie*,
et du *Parapluie de
l’Escouade*, j’ai nom-
mé Alphonse Allais,
a conté une char-
mante histoire. C’est celle d’une espèce d’enflé qui ne
pouvait prendre coup sur coup deux ou trois tasses de
café sans éprouver le besoin de dire : « Moi, je suis un
type dans le genre de Balzac » ; raturer un mot sur
une lettre sans déclarer : » Moi, je suis un type dans

le genre de Gustave Flaubert » ; exposer qu'il était marié à une femme appelée Joséphine sans ajouter à l'instant même : «Moi, je suis type dans le genre de Napoléon Ier ».

Labrême, lui, alors cavalier de 1re classe au 51e chasseurs, était un type dans le genre du maréchal Cambronne. Il l'avait cent fois démontré, mais ce soir-là il le prouva, l'établit jusqu'à l'évidence. Dans la paix du petit café où vainement il s'entêtait à vouloir rosser au piquet un imbattable garçon boucher de ses amis, les cinq lettres éclatèrent soudain comme une bombe de dynamite. Une personne au teint de phtisique, qui tricotait dans le comptoir un châle pour ses maigres épaules, réfugia en une quinte de toux son embarras bien naturel, tandis que des joueurs de manille déposaient, consternés, leurs cartes, et qu'un vieil habitué de l'endroit, s'interrompant de lire les *Débats*, esquissait de son chef vénérable le muet hochement qui apprécie.

C'est que Labrême, cœur pur, âme d'ange, croyait le monde fait à son image et volontiers l'envisageait à travers la concavité de sa candeur. Conscient de sa naturelle droiture, pénétré par carambolage de la bonne foi de son prochain, l'idée qu'on se pouvait jouer de la sienne dépassait sa compréhension. Ayant,

à la reprise, consulté le cadran de l'œil-de-bœuf, et
constaté, par quatre fois, que les aiguilles marquaient
le quart avant huit heures, il en avait tiré cette con-

clusion bien simple qu'il était huit heures moins un
quart, un peu surpris sans doute, mais pas énormément

que le temps eut stoppé sur place depuis vingt ou vingt-
cinq minutes. A la fin, des soupçons lui étaient venus
cependant, de vagues anxiétés, on ne sait quoi,
quelque chose de très complexe où se mariait la peur
du surnaturel à la crainte de manquer l'appel, et, un pli
d'inquiétude au front, il avait demandé au boucher :

— Ah ! çà mais, quelle heure donc qu'il est ?

Il était neuf heures moins vingt.

Nous avons exposé ci-dessus de quelle façon à la fois
éloquente et succincte il avait salué cette révélation.
Par égard pour la bienséance, nous ne reviendrons pas
sur ce point désormais élucidé, mais nous devons à la
vérité de la mettre ici toute nue. Entre le moment où
ses yeux s'ouvrirent à l'évidence des choses et celui où
il disparut par le bâillement violemment écarté de la
porte, Labrême fut beau d'indignation. Mis debout
d'un sursaut, ses regards chargés de haine lancés en
dards empoisonnés à l'horloge dont ils flétrissaient la
traîtrise et la perfidie :

— Salope ! cria-t-il.

Et en sa voix se plaignaient les rancunes, les farouches, les âpres rancunes, d'un Arnolphe qui s'est laissé
prendre aux cils baissés d'une sainte Nitouche. Une
dizaine de fois encore, tandis qu'il serrait sur son

ventre la boucle de son ceinturon, il évoqua l'ombre

grandiose du héros de Waterloo, puis il gagna la sortie

en donnant leur libre volée à des essaims de « Sacré nom de Dieu ! » précipités et retentissants.

Dans le glacial silence qui suivit sa disparition :

— Il est très bien, ce garçon-là, dit à mi-voix le vieil habitué que l'incident avait arraché tout à l'heure à la lecture du *Journal des Débats*.

Labrême sorti, toute sa fureur tomba, avorta dans cette prostration accablée qui est fille des grandes catastrophes. Simplement, le garçon boucher insultant à sa détresse et lançant au calme de la rue les tonitruances d'une ironique gaieté, il lui jeta un coup d'œil d'assassin.

L'automne déjà sur sa fin agonisait dans des brouillards d'hiver, dans une ouate où, de loin en loin, s'élargissait l'étoile d'un bec de gaz. Le soldat demeurait sans un mot, les doigts aux hanches, le dos montré au petit café dont les mousselines s'enlevaient en clartés indécises fréquentées d'ombres de géants.

— Qu'est-ce que je vas fiche, bon sang de bon sort !

Le boucher haussa les épaules :

— Eh ! fit-il ; t'es trop couenne, aussi. En voilà-t-y pas une affaire, parce que t'as manqué l'appel !... T'auras deux jours et ça fera le compte.

Mais l'autre :

— Deux jours !... deux jours !... Je me fous bien des deux jours, ma foi !

— Eh ! bien, alors ?

— Eh ! bougre d'andouille, dit Labrême, c'est **ma** permission dans le lac !

— T'avais demandé une permission ?

— Parbleu !... une permission de quatre jours pour le mariage de ma sœur.

— Quand ça, donc ?

— Après-demain.

— Ah ! flûte !...

C'était plus grave. Le boucher cessa de **rire**, du coup ; et, soulevant le bord de sa casquette, comme s'il eût voulu rendre hommage à l'infortune de son ami, pensif, il se gratta longuement.

Les bouchers sont gens débrouillards, car ils sont enfants des faubourgs ; celui-ci **était un malin**, de qui l'astuce naturelle s'était peu à peu **aiguisée aux** aspérités de la vie.

Soudain, comme au loin, très loin, l'horloge de la cathédrale sonnait les trois quarts de huit heures et que ce mélancolique rappel de la hâte du temps à s'enfuir rejetait de nouveau hors de soi Labrême un moment atterré :

— Ah ! çà, mais... fit-il... Ah ! çà mais...

— Qu'est-ce qu'y a ? dit Labrême surpris.

La main brusquement avancée et écarquillée dans le vide, l'œil fixé sur le clair-obscur d'une vision qui se dessinait :

— Il y a, répondit-il, que je viens de trouver un truc.

Labrême tressaillit.

— Un truc ?

— Gy !

— Pour ma punition ?

— T'y coupes !

— Non ?...

— T'y coupes, que je dis, t'y coupes !... Ou alors
y a pus de bon Dieu.

— Bon sang de bon sort ! Faudrait voir à voir, en
ce cas.

— Et à se presser. Où c'est-y que perche le quart-
d'œil ?

— Rue de la Sous-Préfecture.

— C'est à deux pas d'ici. Radine, vieux flambeau,
et au trot.

— Et le truc ?

— Nous en causerons en chemin. Le commissariat
ferme à neuf heures. Nous n'avons que le temps. Allume

III

Dans l'arrière-piéce qui lui servait de cabinet et sur laquelle s'ouvrait le poste, le commissaire de police donnait puis épongeait en hâte, du block-buvard qu'il tenait à la main, des signatures aux paraphes imposants, embrouillés comme des écheveaux. Très sensible aux courants d'air il avait gardé son chapeau, et son visage, son neutre et morne visage exempt de toute sevérité, exprimait une douceur plaintive de cocu résigné mais triste. C'était un homme de cinquante ans; sa barbe couleur de poussière empiétait jusque sous ses yeux. Un fin grésil de pellicules mouchetait le col de sa redingote, cependant que sur ses phalanges hérissées de touffes acajou, l'abat-jour de la lampe dressée près de son coude déversait des flots de lumière.

Quand il eut su par l'agent de service qu'un « militaire le demandait » :

— Faites entrer, fit-il sans lever le nez.

Labrême parut.

— Le commissaire de police ?

— C'est moi-même, dit le magistrat.

Le soldat avança de trois pas, ramena le talon droit près du gauche, et, la main au shako :

— Monsieur le commissaire, dit-il, c'est pour la chose qu'en m'en revenant au quartier j'ai trouvé un porte-monnaie.

Le commissaire de police, de son nom Désiré Trompette, était un homme plein de vertu, qui prisait au plus haut degré le commerce des gens de bien. La belle action de ce pauvre diable se détournant de son chemin pour venir restituer à César ce qui appartenait à César lorsqu'il lui eût été si simple d'en engraisser son petit avoir, le remplit d'attendrissement. Ce fut presque les larmes aux yeux qu'il répéta :

— Un porte-monnaie ?

— Oui, dit Labrême ; un porte-monnaie. Je l'ai trouvé au coin de la rue des Vieilles-Filles et du mail des Chardonnerets, à deux pas de la porte du quartier.

— Quand cela ?

— Y a comme qui dirait un quart d'heure.

— Et vous étiez seul ?

— J'étais seul.

— Bien. Veuillez me remettre l'objet.

Le chasseur s'exécuta. De sa poche, où sa main

plongea jusqu'au poignet, il tira une bourse crasseuse,
de ces bourses en forme de blagues, qu'étrangle un frêle
lacet de cuir, glacé de graisse et couleur jus de chique.
Elle contenait onze francs et sept sous. Alors, ce fut un
beau spectacle. M, Trompette s'était renversé dans le
dossier arrondi en arc de son fauteuil, et, les doigts au
rebord de la table, il faisait, d'une voix lente et grave,
toute mouillée de conviction émue, l'éloge de la probité.
Labrême, lui, faisait la bête, protestait, devenait une
fleur de modestie, disant qu'on était tous comme ça
dans sa famille, que tout le monde à sa place, en aurait
fait autant, que ça ne valait pas la peine d'en parler
etc., etc., Et ainsi ces deux honnêtes hommes rivali-
saient d'éloquence, tandis que le boucher, dans la rue,
pensait :

— Je n'ai pas été malin. Je n'ai plus de quoi aller
prendre un verre. J'aurais dû garder vingt sous.

Labrême coucha à la boîte pour avoir manqué
l'appel ; mais le lendemain lui valut des surprises. Dans
le même temps où le boucher, à l'autre extrémité de la
ville, demandait d'une voix angoissée, au commissaire
de police : « On n'aurait pas trouvé une bourse conte-
nant onze francs et sept sous, que j'ai perdue, hier, vers

neuf heures, du côté de la rue des Vieilles-Filles ? » le
maréchal des logis fourrier lisait la décision suivante
aux hommes assemblés pour le pansage du soir :

*« Sur la demande de M. le commissaire de police, une
permission de quinze jours est accordée au cavalier
Labrême pour avoir trouvé une bourse et l'avoir fidèle-
ment remise entre les mains de ce magistrat. Le colonel
livre sans commentaires, aux méditations de tous, cet acte
de haute probité ».*

LA PIPE

I

Je voudrais bien n'avoir pas l'air de faire de la musique nouvelle avec les anciennes partitions de M. Lu-
cien Descaves Certes, je serais flatté d'avoir fait les
Sous-Offs, mais de là à les recommencer !... Il n'en est
pas moins vrai qu'au temps ⸱ ⸱ triste bleu, je contri-

buais dans la mesure de mes moyens à la splendeur
immaculée du 51e chasseurs le maréchal des logis
fourrier Hecq chipa à l'élève-trompette Leliandier une
pipe en écume de mer d'une valeur de dix-sept francs.
Oh ! pour ce qui est de la lui avoir prise, il n'y a pas à
dire mon bon ami ; il la lui prit comme dans un bois !
Ce joli tour de passe-passe fut exécuté, d'ailleurs, avec
une dextérité incomparable, telle, selon moi, qu'il y a
lieu de faire au coupable pleine et entière remise de sa
faute (voire même de l'en féliciter), en faveur de l'art
infini qu'il déploya en la circonstance.

Je dirai tout.C'était,ce Hecq,le plus gentil garçon du
monde, sans un fil de méchanceté, ainsi que la suite le
prouvera, et n'ayant point du sous-officier de cavalerie
cette habituelle morgue hautaine que donnent l'absence
de basane, la tenue fine et le droit à la demi-fantaisie. Il
avait, à la vérité, les jours où les fonds étaient bas, le
tort d'enlever subrepticement les pancartes indivi-
duelles clouées de quatre pointes à la tête des lits et de
s'en venir ensuite pétarder par les chambres, brailler
que tous ces gaillards-là avaient perdu leurs pancartes
et se faire remettre, par homme, en échange d'une pancarte neuve qu'il fournissait, la modique somme de
deux sous. Avec ces deux sous, répétés une certaine

quantité de fois, il se faisait... combien ? oh ! pas lourd ! deux, trois francs, lesquels l'aidaient à attendre la libération de la classe et à faire proprement les choses quand il sortait sa bonne amie. Mon Dieu ! je sais bien que.... Mais quoi ? La vie est une question de cadre.. Autre chose est de la juger le dos au feu et le ventre à table, autre chose est de l'envisager avec, sur soi, nib de monnaie, et, pour fumer, des excoriations de racines de tabac mêlées à la vase cotonneuse des fonds de poche. Il sied de faire l'incorruptible à quiconque en a le moyen, et c'est aussi, exiger du soldat un héroïsme un peu commun, que lui demander de les avoir tous.

Donc, le fourrier chipa la pipe du trompette. Il la lui chipa un jeudi, — je précise — par le plus admirable temps qui se pût voir. Il était midi et demi ; l'escadron venait de partir à la manœuvre, et le quartier, autant dire vide, sommeillait : quatre files de baraquements flambant sous le coup du soleil. Leliandier, seul à la chambre et qui voyait venir l'instant où l'allait appeler au cours la sonnerie aux élèves-trompettes :

> Ce n'est pas à l'école
> Qu'on attrap' la rougeole

> Ce n'est pas à l'église
> Qu'on attrap' la jaunisse.

cirait ses bottes en sifflotant. Comme sa pipe était à bout, il la posa négligemment sur le bord de la fenêtre ouverte, puis il se baissa une seconde, pour puiser, du bout de sa brosse, dans la gamelle placée au bas de lui, une petite lichette de cirage. Au même instant, devant la même fenêtre, passait le maréchal des logis fourrier Hecq, le cahier de décisions sons le bras. Hecq vit la pipe, la cueillit au vol en silence, et l'ayant glissée dans la poche, douce et tiède comme le corps d'un petit oiseau qu'on aurait plumé tout vif, il continua sa route et tourna le baraquement.

Quand Leliandier se redressa, la pipe avait disparu.

II

D'abord le soldat ne comprit pas. De lit en lit, par le plancher, et jusque sur la lourde table toute luisante encore, et grasse, du coup de torchon de l'homme de chambre, il promena ses yeux surpris.

— Où diable ai-je fourré ma pipe ?

La pipe devenant introuvable, il s'assombrit :

— Ça, c't'épatant !

Puis :

— Oh ! bon Dieu !

Illuminé, il venait de bondir à la fenêtre. Mais là encore, il ne vit rien, rien que la blancheur nue du bâtiment en face, filant à droite et à gauche le long du mince liseré d'ombre tombé de l'arête du toit. Alors, il ne sut que penser ; il éprouva un quelque chose d'indicible, fait d'ahurissement et de vague terreur. Il crut à du surnaturel, et, bouleversé, sans colère, avec un grand geste désarmé adressé au vide de la pièce, il poussa cette exclamation où tenait tout l'excès de sa stupeur :

— Eh ben, mon cochon !

Pendant les quinze jours qui suivirent, ses allures furent celles de ce héros de vaudeville auquel une main anonyme vole quotidiennement trente-sept sous depuis des temps immémoriaux. Sous des sourcils plus larges que des pouces roulant des yeux de fauve traqué, il errait, méfiant et muet, par la chambre, scrutant les fêlures des murailles, les envers douteux des paquetages, et soulevant de la main, au passage, les paillasses au-dessus des châlits, toujours hanté de l'idée fixe de remettre la main sur sa pipe. En sa tête martelée d'un perpétuel souci, des hypothèses de toutes les couleurs

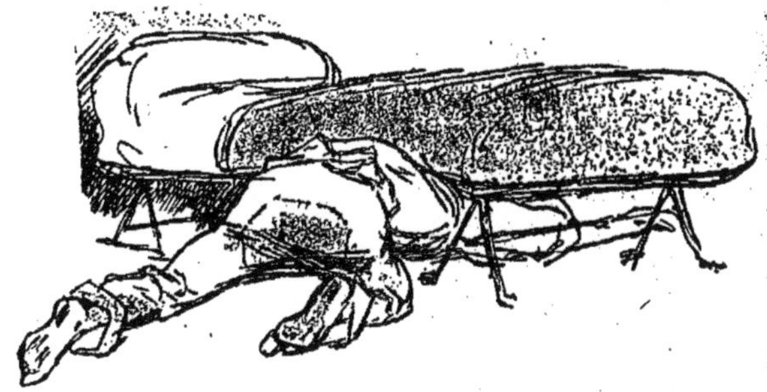

bataillaient, trouées de subites inspirations qui, tantôt, le faisaient se hisser des deux poings jusqu'au niveau de la planche à pain, tantôt s'écrouler sur le ventre et filer à la nage sous l'ombre des couchettes. Un moment vint, pourtant, où il n'insista plus, las de vaines suppositions et de recherches superflues, Il pensa : « Eh zut ! après tout ! » et il fit son deuil de sa pipe. Mais, au fond, il resta troublé, avec la sourde inquiétude d'un homme qu'aurait frôlé, une nuit, une apparition demeurée inexplicable, effleuré du bout de son aile le formidable et terrible Inconnu.

Des mois passèrent.

III

Une après-midi de novembre, Leliandier, de garde à
la police et qui venait de sonner « la botte », éprouva
l'impérieux besoin de se caler un peu les gencives en
attendant l'heure de la soupe. Ganté de blanc, le shako
sur la tête et le manteau en cor de chasse sur l'épaule, il
fila bon train vers sa chambre, en vue de s'y couper
une tartine de pain. Violemment, il poussa la porte…
et tomba sur le fourrier Hecq, lequel, à court d'argent
ce jour-là, sacrifiait à sa passion immodérée de la pancarte individuelle. Sa main, promenée, grapillait par
les murs ; en même temps il tirait de la pipe du trompette (dorée à cette heure, culottée savamment et
colorée en tons éclatants de caramel) des nuages de
fumée violâtre.

Très embêté :

— Qu'est-ce que vous venez foutre ici ? brailla-t-il
pour se donner une contenance.

Leliandier, que la vue de sa pipe avait frappé d'un
coup au cœur, répondit, éloquent et simple :

— Vous avez une bien belle pipe.

Hecq, immédiatement comprit. Il changea de couleur, mais fit le sourd.

— En voilà une façon d'entrer ! Est-ce que vous perdez la tête ?

— Oui, vous avez une bien belle pipe, déclara de nouveau le trompette savourant les joies de la vengeance. Combien que vous l'avez payée ?

— Je l'ai payée six francs, répliqua le fourrier avec un aplomb admirable. Pourquoi me demandez-vous ça ?

Le trompette dit :

— Pour savoir.

Après quoi, féroce :

— Six francs ? Vous n'**avez pas** été **v**olé. Elle m'en avait coûté dix-sept.

— Cette pipe-là ?

— Bien sûr, cette pipe-là !

Il ricanait.

Il expliqua :

— Oh ! il n'y a pas d'erreur, allez. C'est ma pipe ; je la reconnais bien. Vous me l'avez chipée il y a huit mois. C'est pas la peine de dire non.

Il y eut un moment de silence. Hecq, pincé la mian

dans le sac, hésitait. cherchait une défaite. Brusquement il se décida :

— Et après ?

— Comment ! et après ? fit Leliandier abasourdi.

— Oui, reprit le fourrier, après ? — En somme, vous

m'accusez de vous avoir volé. Si je vous collais quatre jours, moi ?

— Je me ferais porter au rapport, dit d'un air malin Leliandier.

Hecq l'interrompit :

— Parfaitement : et il arriverait ceci : qu'il vous faudrait faire la preuve, que vous en seriez incapable, et que, pour avoir faussement accusé un sous-officier de voleur, vous n'y couperiez pas de trente jours à la brigade et de soixante à la division. Vous me faites rire avec votre pipe et vous avez de la veine, vraiment, d'avoir affaire à un bon bougre. En voilà du pet pour une pipe ! Tenez, voulez-vous la fumer ? Je vous la prête avec plaisir.

Il dit, et présenta la pipe par le bout d'ambre, tandis que le trompette, convaincu, ancien à l'escadron déjà, et acclimaté à la philosophie du métier, balbutiait des mots indistincts et s'abîmait en de vagues excuses, mêlées à l'offre d'un verre.

TABLE DES MATIÈRES

Fontenay-aux-Roses (Seine). — Imp. L. Bellenand

www.ingramcontent.com/pod-product-compliance
Ingram Content Group UK Ltd.
Pitfield, Milton Keynes, MK11 3LW, UK
UKHW020937120726
13693UKWH00003B/1380